APRÈS
CENT ANS

POÉSIE

DE

ÉDOUARD BLAU

RÉCITÉE PAR Mlle ROUSSEIL
LE 25 AVRIL 1876
SUR LE THÉÂTRE DE L'ACADÉMIE NATIONALE DE MUSIQUE
A LA REPRÉSENTATION DONNÉE
PAR L'UNION FRANCO-AMÉRICAINE

PARIS
TYPOGRAPHIE LAHURE
RUE DE FLEURUS, 9

1876

APRÈS

CENT ANS

APRÈS

CENT ANS

POÉSIE

DE

EDOUARD BLAU

RÉCITÉE PAR Mlle ROUSSEIL

Le 25 avril 1876

SUR LE THÉATRE DE L'ACADÉMIE NATIONALE DE MUSIQUE

A LA REPRÉSENTATION DONNÉE

PAR L'UNION FRANCO-AMÉRICAINE

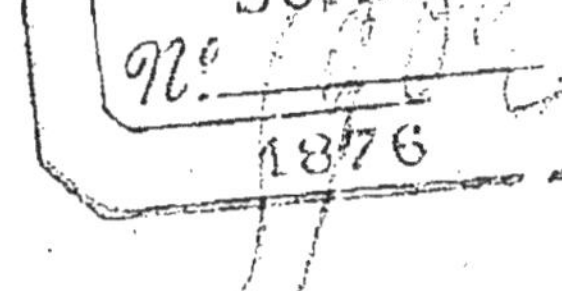

PARIS

TYPOGRAPHIE LAHURE

RUE DE FLEURUS, 9

1876

APRÈS

CENT ANS

I

Quand ils eurent bien vu qu'ils n'avaient plus besoin
De jeter devant eux l'éclair de leur épée,
Et du dernier sillon de la terre usurpée
Que le dernier vaincu fuyait déjà bien loin ;

Lorsqu'aux chemins rougis d'un sang qui fume encore
La Liberté sereine eut posé son pied blanc,
Et que l'humble rayon, naguère si tremblant,
Au front du grand pays devint la grande aurore ;

Fiers d'avoir achevé ce qu'ils avaient promis
Et n'ayant plus au cœur, France, que ton image,
Tes fils, tes nobles fils, coururent au rivage
Où la vague berçait les vaisseaux endormis.

Mais tandis qu'à l'appel de leurs voix reconnues
Les mâts se redressaient, tressaillant du départ,
Voici qu'on entendit, soudain, de toute part,
Une immense rumeur monter jusques aux nues :

« Soyez bénis — disait la plaine — mes moissons
Mûrissent sans remords sous les bleus horizons
Où court la brise triomphante.
Mes arbres, comprenant ce qu'elle a soupiré,
Donnent en paix leurs fruits. Désormais je n'aurai
Qu'à nourrir ceux-là que j'enfante ! »

« Soyez bénis — disait la cité — grâce à vous
Je me sens regardée avec des yeux plus doux,
Plus ferme est le pied qui me foule.
Allant selon son rêve et suivant son dessein

C'est un peuple à présent que j'enferme en mon sein.
    Hier, ce n'était qu'une foule ! »

Et l'homme, le vieillard, l'enfant, tous, sous les cieux,
Acclamaient à la fois ces doux audacieux,
    Qui, laissant repos ou fortune,
Le palais plein de faste et le nid plein d'amour,
Étaient venus si loin de la patrie un jour
    Afin de leur en donner une.

« Amis — leur criaient-ils — c'est d'un lien puissant
Que vous nous enchaînez en nous affranchissant.
    Celui-là, rien ne le délie !
Le Temps qui va sans trêve et frappe sans pitié,
Ayant lassé son aile avant notre amitié,
    Ne fera point qu'on vous oublie !

« L'Amérique à jamais garde le souvenir
Du pays où bientôt vous allez revenir,
    Annonçant notre délivrance.
Elle dira son nom avec tant de douceur

Que l'on croira toujours qu'elle a murmuré : sœur,
Quand elle aura prononcé : France ! »

Et l'hymne universel tremblait encor dans l'air,
Que les vaisseaux français, inclinés sur l'écume,
Avaient depuis longtemps disparu dans la brume,
Et qu'on ne voyait plus leur ombre sur la mer.

Bien des fois sur le jour qui tombe
A rayonné le jour nouveau,
Et de l'Océan, leur berceau,
Bien des soleils ont fait leur tombe.

Depuis l'heure où des jeunes plis
Du drapeau saluant nos voiles,
L'adieu frissonnant des étoiles
S'envola vers les fleurs de lis.

Notre chère France étonnée
Qu'un siècle si tôt soit enfui,
Pour juger son œuvre, aujourd'hui
Vers le passé s'est retournée.

Espérant des destins meilleurs,
Toujours ardente aux justes causes,
Elle a tenté de grandes choses
Et connu de grandes douleurs.

Elle eut la gloire, elle eut l'épreuve,
Le cœur joyeux, le sein meurtri ;
Comme une enfant elle a souri,
Elle a pleuré comme une veuve.

Mais dans la profondeur des cieux,
Témoins du deuil ou de l'ivresse,
Nous avons entendu sans cesse
Le cri jeté par les aïeux.

Sur notre sol, malgré l'orage,
Et les assauts à soutenir,

L'arbre immortel du souvenir
N'a rien perdu de son feuillage !

Oui, peuple d'Amérique ! oui, nous nous souvenons !
Des frères, des amis, des hardis compagnons,
Des complices d'honneur et de révolte sainte
Le sang n'a point tari, l'âme n'est pas éteinte,
Car ceux dont la famille a fêté le retour,
En transmettant leur gloire ont transmis leur amour,
Et les fils des héros tombés pour te défendre,
A ces vallons où l'herbe a germé sur leur cendre,
A ces vastes forêts dont les rameaux flottants
Ombragent leur sommeil depuis bientôt cent ans,
Donnent une pensée encor plus attendrie :
La terre où dort l'aïeul est presque une patrie !

Mais vous, là-bas, peut-être avez-vous oublié....
Non ! le nœud d'autrefois nul ne l'a délié ;
En vos libres sentiers s'est empreinte une trace
Qui ne s'efface point pour un siècle qui passe,

Et le renom de ceux qu'on acclamait jadis
N'a pas diminué dans vos murs agrandis !

Mais ce n'est point assez d'avoir gardé mémoire
De la page commune à notre double histoire ;
Il faut que nous mettions, pour qui le méconnaît,
Au feuillet centenaire un éternel sinet !
Ensemble, au bord du flot qui se brise à la plage,
Dressons un monument, radieux témoignage
De ces temps où la Force a plié sous le Droit ;
Qu'il soit beau, qu'il soit grand, surtout faisons qu'il soit
Consacrant l'amitié, rappelant la vaillance,
De bronze et de granit — comme notre Alliance !

Et quand à la clarté des splendides soleils,
Sur les plaines, les bois et les coteaux vermeils
Ira se prolongeant son ombre colossale,
Les ancêtres couchés sous la terre natale
Aux ancêtres venus pour mourir avec eux
Diront tout bas : « Voyez ! de nos jours belliqueux

Voilà qu'on se souvient en ce jour pacifique ;
Votre France est encor sœur de notre Amérique ! »

Et refermant les yeux et reposant leur front,
Avec un fier sourire ils se rendormiront.

PARIS. --- TYPOGRAPHIE LAHURE
9, Rue de Fleurus, 9